LEARN CHINESE EASILY

中文易學
（看圖識字）課本

第一冊

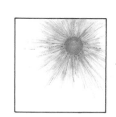

文復會中文易學研究小組委員會　編著

三民書局　印行

目次

編審小組說明（代序）

中文易學（看圖識字）課本的編撰，係由中華文化復興運動推行委員會副會長陳立夫先生倡議而創作。其目的在使世人能共識中國文字，從而認知中華文化爲人類和平相處，共存共榮之倫理教育，以期人人不獨親其親，不獨子其子，共同達成世界大同之理想。事實上中國文字本屬易

學、易識，證諸世界語文學權威高本漢氏的研究分析，足可肯定。

中文易學課本編審小組，依據立夫先生的指示，首先著手編寫一份幼童學習的初級課本，從天、地、人、物的「看圖識字」學起，進而再編中級課本。先由華僑社區及國內外人士予以推行，逐漸擴及廣大的世界，相信假以時日，當可成功。

這四冊中文易學（看圖識字）課本，就在這一嚴正宗旨下開始作業，經三年零

3

五個月的共同努力，十二次集會的研討審
訂，始告完成。復經文復會兩度召集有關
單位共同審閱，一致認為確能收中文易學、
易認、易讀、易寫之效。最後乃蒙三民書
局付梓出版，以資供應。

中華民國七十八年九月

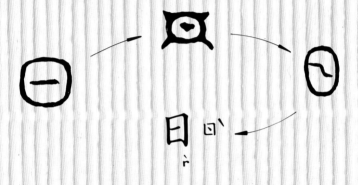

我們早起看日出

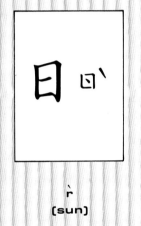

ㄖˋ
r
(sun)

今天是晴天

晴 ㄑㄥˊ

chíng
(clear sky)

日ㄖˋ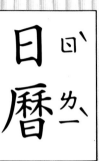

日曆掛在牆上

日曆 ㄖˋ ㄌ一ˋ

r lì

[calendar]

大汽球昇起來了

昇 ㄕㄥ

shēng

[to rise]

穀子要在太陽下曝晒

曝晒 ㄆㄨˋ ㄕˋㄞ

pù shài

[to dry by sunlight]

日 ㄖˋ

早晨公雞叫

tzău chén

(morning)

天上有很多星星

shīng

(star)

晚上我打開電燈

wăn

(evening; night)

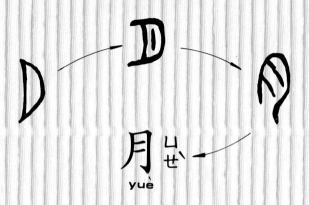

月 ㄩㄝˋ
yuè

月 ㄩㄝˋ

ㄩㄝˋ·ㄌㄧㄤ·ㄍㄨㄚˋ·ㄗㄞˋ·ㄊㄧㄢ·ㄎㄨㄥ
月亮掛在天空

yuè

(moon)

雨 ㄩˇ
yǔ

我穿上雨衣
下雨了

yǔ

(rain)

天上有很多雲

yún

(cloud)

下雪了 ㄒㄧㄚˋ ㄒㄩㄝˇ ·ㄌㄜ

雪是白色的 ㄒㄩㄝˇ ㄕˋ ㄅㄞˊ ㄙㄜˋ ·ㄌㄜ

雪 ㄒㄩㄝˇ

shiuě

(snow)

小露珠是圓的 ㄒㄧㄠˇ ㄌㄨˋ ㄓㄨ ㄕˋ ㄩㄢˊ ·ㄌㄜ

露 ㄌㄨˋ

lù

(dew)

雷電 ㄌㄟˊ ㄉㄧㄢˋ

下大雨了，有雷和閃電 ㄒㄧㄚˋ ㄉㄚˋ ㄩˇ ·ㄌㄜ ㄧㄡˇ ㄌㄟˊ ㄏㄜˊ ㄕㄢˇ ㄉㄧㄢˋ

léi diàn

(thunder and lightning)

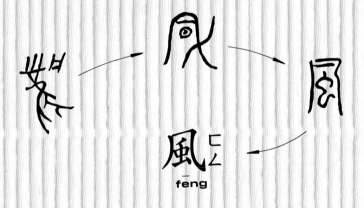

風 ㄈㄥ
feng

風ㄈㄥ

ㄈㄥ ㄌㄞˊ ·ㄌㄜ
風來了， ㄕㄨˋ ㄓ ㄧㄠˊ ㄉㄨㄥˋ
樹枝搖動

fēng

(wind)

颱ㄊㄞˊ
風ㄈㄥ

ㄊㄞˊ ㄈㄥ ㄌㄞˊ ·ㄌㄜ
颱風來了
ㄉㄚˋ ㄕㄨˋ ㄅㄟˋ ㄔㄨㄟ ㄉㄠˇ ·ㄌㄜ
大樹被吹倒了

tái fēng

(typhoon; hurricane)

piau

[to float]

汽ㄑㄧˋ球ㄑㄧㄡˊ飄ㄆㄧㄠ起ㄑㄧˇ來ㄌㄞˊ了˙ㄌㄜ

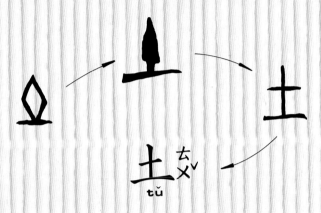

土 ㄊㄨˇ
tǔ

土ㄊㄨˇ
坡ㄆㄛ

這ㄓㄜˋ是ㄕˋ土ㄊㄨˇ坡ㄆㄛ

tǔ pō
(hillside)

垃ㄌㄜˋ
圾ㄙㄜˋ

我ㄨㄛˇ會ㄏㄨㄟˋ掃ㄙㄠˇ垃ㄌㄜˋ圾ㄙㄜˋ

lè sè
(garbage)

土 ㄊㄨˇ

馬ㄇㄚˇ 路ㄌㄨˋ 中ㄓㄨㄥ 間ㄐㄧㄢ 有ㄧㄡˇ 一ㄧˊ 個ㄍㄜˋ 坑ㄎㄥ

坑 ㄎㄥ

‾keng

(pit)

這ㄓㄜˋ 座ㄗㄨㄛˋ 鐵ㄊㄧㄝˇ 塔ㄊㄚˇ 很ㄏㄣˇ 高ㄍㄠ

塔 ㄊㄚˇ

tǎ

(tower)

這ㄓㄜˋ 是ㄕˋ 一ㄧˊ 座ㄗㄨㄛˋ 城ㄔㄥˊ 堡ㄅㄠˇ

城 ㄔㄥˊ 堡 ㄅㄠˇ

chéng bǎu

(castle)

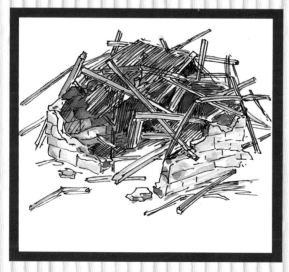

報 ㄅㄠˋ

我ㄨㄛˇ 天ㄊㄧㄢ 天ㄊㄧㄢ 看ㄎㄢˋ 報ㄅㄠˋ

bàu
(newspaper)

墳 ㄈㄣˊ
墓 ㄇㄨˋ

祖ㄗㄨˇ 先ㄒㄧㄢ 的˙ㄉㄜ 墳ㄈㄣˊ 墓ㄇㄨˋ
要ㄧㄠˋ 常ㄔㄤˊ 常ㄔㄤˊ 打ㄉㄚˇ 掃ㄙㄠˇ

fén mù
(tomb)

塌 ㄊㄚ

這ㄓㄜˋ 座ㄗㄨㄛˋ 房ㄈㄤˊ 子˙ㄗ 塌ㄊㄚ 了˙ㄌㄜ

tā
(to collapse)

山ㄕㄢ

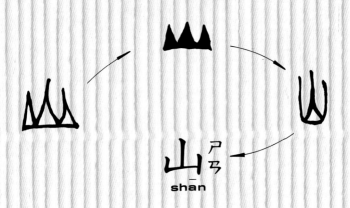

山ㄕㄢ
shan

山ㄕㄢ 崖ㄧㄞˊ
shān yái
[cliff]

山ㄕㄢ崖ㄧㄞˊ上ㄕㄤˋ有ㄧㄡˇ一ㄧ棵ㄎㄜ小ㄒㄧㄠˇ花ㄏㄨㄚ

水ㄕㄨㄟˇ中ㄓㄨㄥ有ㄧㄡˇ一ㄧ個ㄍㄜ島ㄉㄠˇ

島ㄉㄠˇ
dǎu
[island]

山 ㄕ
　 ㄢ

峯 ㄈㄥ
巒 ㄌㄨㄢˊ

fēng　luán
(peak and ridge)

那座山有很多峯巒

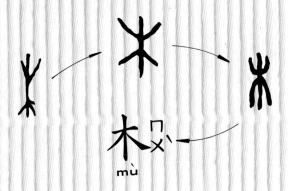

木
mù

大樹根旁有小草

樹根
shù gen
(tree root)

這是一張桌子

juō
(desk)

木ㄇㄨ

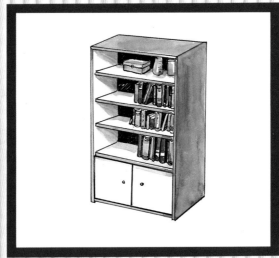

這是一把椅子

yǐ

(chair)

這是書櫃

guèi

(bookcase)

我走樓梯上樓去

lóu tī

(staircase)

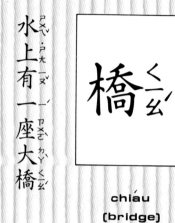

水上有一座大橋

橋

chiáu

(bridge)

欄杆外邊是大海

欄杆

lán gān

(railing)

我用杯子喝水

杯

bei

(cup)

枇杷很好吃

pí pa

[loquat]

這是一堆木柴

mù chái

[firewood]

棍棒都是木頭做的

guèn bàng

[stick]

這是一把槍

chiāng

(pistol)

河邊有一棵柳樹

柳 ㄌㄧㄡˇ

liǒu

(willow)

這是木頭杓子

杓 ㄕㄠˊ

sháu

(ladle)

水 ㄕㄨㄟˇ
shuěi

洗(ㄒㄧˇ)澡(ㄗㄠ)

弟(ㄉㄧˋ)弟(ㄉㄧ)天(ㄊㄧㄢ)天(ㄊㄧㄢ)洗(ㄒㄧˇ)澡(ㄗㄠ)

shǐ tzǎu

[to bathe]

河(ㄏㄜˊ)流(ㄌㄧㄡˊ)

河(ㄏㄜˊ)裏(ㄌㄧˇ)有(ㄧㄡˇ)小(ㄒㄧㄠˇ)船(ㄔㄨㄢˊ)

河(ㄏㄜˊ)水(ㄕㄨㄟˇ)慢(ㄇㄢˋ)慢(ㄇㄢˋ)流(ㄌㄧㄡˊ)

hé líou

[river]

海鷗（ㄏㄞ ㄡ）在海（ㄏㄞ ㄏㄞ ㄕㄤ ㄈㄟ）上飛

hǎi
(sea)

我喜歡（ㄨㄛ ㄒㄧ ㄏㄨㄢ ㄧㄡ ㄩ）游泳

yóu yǔng
(to swim)

大海旁邊是沙灘（ㄉㄚ ㄏㄞ ㄆㄤ ㄅㄧㄢ ㄕ ㄕㄚ ㄊㄢ）

shā tān
(sandy beach)

水 ㄕㄨㄟˇ

滑雪
ㄏㄨㄚˊ ㄒㄩㄝˇ

哥哥喜歡滑雪

huá shiuě
[to ski]

波浪
ㄅㄛ ㄌㄤˋ

海上的波浪很高

pō làng
[wave]

澆水
ㄐㄧㄠ ㄕㄨㄟˇ

天天澆水，
花兒長得好

jiāu shuěi
[to water]

dùng

(hole)

牆上有一個大洞

火 ㄏㄨㄛˇ
huǒ

火炬
ㄏㄨㄛˇ ㄐㄩˋ

huǒ jiù
(torch)

運動員舉著火炬跑
ㄩㄣˋ ㄉㄨㄥˋ ㄩㄢˊ ㄐㄩˇ ·ㄓㄜ ㄏㄨㄛˇ ㄐㄩˋ ㄆㄠˇ

煤炭
ㄇㄟˊ ㄊㄢˋ

méi tàn
(coal)

煤炭可以燒火烤肉
ㄇㄟˊ ㄊㄢˋ ㄎㄜˇ ㄧˇ ㄕㄠ ㄏㄨㄛˇ ㄎㄠˇ ㄖㄡˋ

火 ㄏㄨㄛˇ

草地上有一座炮
ㄘㄠˇ ㄉㄧˋ ㄕㄤˋ ㄧㄡˇ ㄧ ㄗㄨㄛˋ ㄆㄠˋ

炮 ㄆㄠˋ

pàu

(cannon)

我愛吃烤魚
ㄨㄛˇ ㄞˋ ㄔ ㄎㄠˇ ㄩˊ

烤 ㄎㄠˇ

kǎu

(to roast)

今天天氣很熱
ㄐㄧㄣ ㄊㄧㄢ ㄊㄧㄢ ㄑㄧˋ ㄏㄣˇ ㄖㄜˋ

熱 ㄖㄜˋ

rè

(hot)

媽媽煮了一個好吃的菜

煮 ㄓㄨˇ

jǔ

[to cook]

這是燒炭的爐子

爐 ㄌㄨˊ

lú

[earthen stove]

屋頂上的烟囪冒烟了

烟 ㄧㄢ

yān

[smoke]

huǒ yàn

(flame)

火焰是橘紅色的

石ㄕ

ㄕ
石

碗 ㄨㄢˇ

wǎn

(bowl)

這是妹妹吃飯的碗

ㄓㄜˋ ㄕˋ ㄇㄟˋ ㄇㄟˋ ㄔ ㄈㄢˋ ˙ㄉㄜ ㄨㄢˇ

碟 ㄉㄧㄝˊ

dié

(dish)

碟子是盛菜的

ㄉㄧㄝˊ ˙ㄗ ㄕˋ ㄔㄥˊ ㄘㄞˋ ˙ㄉㄜ

石 ㄕˊ

我ㄨㄛˇ用ㄩㄥˋ硯ㄧㄢˋ臺ㄊㄞˊ磨ㄇㄛˊ墨ㄇㄛˋ

硯 ㄧㄢˋ

yàn
[inkstone]

醫ㄧ生ㄕㄥ用ㄩㄥˋ石ㄕˊ臼ㄐㄧㄡˋ研ㄧㄢˊ磨ㄇㄛˊ藥ㄧㄠˋ粉ㄈㄣˇ

研 ㄧㄢˊ
磨 ㄇㄛˊ

yán mó
[to grind]

工ㄍㄨㄥ人ㄖㄣˊ用ㄩㄥˋ磚ㄓㄨㄢ蓋ㄍㄞˋ房ㄈㄤˊ子ㄗ

磚 ㄓㄨㄢ

juān
[brick]

石 ㄕˊ

碑 ㄅㄟ

ㄓㄜˋ ㄕˋ ㄐㄧˋ ㄋㄧㄢˋ ㄅㄟ
這是紀念碑

bēi

(stone tablet)

磅 ㄅㄤ

ㄋㄧˇ ㄉㄜ˙ ㄊㄧˇ ㄓㄨㄥˋ ㄕˋ ㄐㄧˇ ㄅㄤˋ
你的體重是幾磅

bàng

(pound)

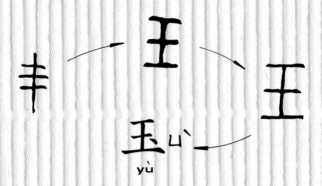

玉 yù

jēn jū
(pearl)

這裏有五顆珍珠

媽媽有一串珍珠

chíou
(ball)

哥哥喜歡踢足球

玉 山

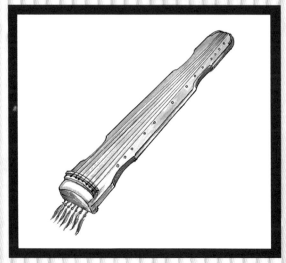

珊瑚 ㄕㄢ ㄏㄨˊ

珊瑚長在海底
ㄕㄢ ㄏㄨˊ ㄓㄤˇ ㄗㄞˋ ㄏㄞˇ ㄉㄧˇ

shān hú

(coral)

玫瑰 ㄇㄟˊ ㄍㄨㄟ

玫瑰花很香
ㄇㄟˊ ㄍㄨㄟ ㄏㄨㄚ ㄏㄣˇ ㄒㄧㄤ

méi guěi

(rose)

琴 ㄑㄧㄣˊ

我會彈中國琴
ㄨㄛˇ ㄏㄨㄟˋ ㄊㄢˊ ㄓㄨㄥ ㄍㄨㄛˊ ㄑㄧㄣˊ

chín

(musical instrument)

琵琶是中國樂器

pí pá
(pipa)

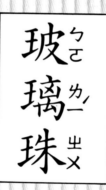

我們來玩玻璃珠

bolí-ju
(glass bead)

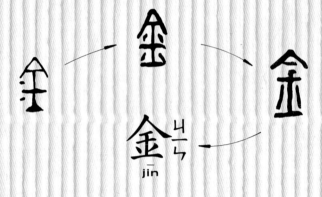

金ㄐㄣ
jin

鍋ㄍㄨㄛ

guō

[pot]

媽媽買了一個新鍋
ㄇㄚ ㄇㄚ ㄇㄞˇ ㄌㄜ˙ ㄧˊ ㄍㄜˋ ㄒㄧㄣ ㄍㄨㄛ

鐘錶ㄓㄨㄥ ㄅㄧㄠˇ

jūng biǎu

[clock]

街上有一家鐘錶店
ㄐㄧㄝ ㄕㄤˋ ㄧㄡˇ ㄧˋ ㄐㄧㄚ ㄓㄨㄥ ㄅㄧㄠˇ ㄉㄧㄢˋ

這是一個大鈴鐺

鈴鐺

líng dang

(bell)

鐵釘可以釘東西

鐵釘

tiě dǐng

(nail)

姊姊用針線縫衣服

針

jen

(needle)

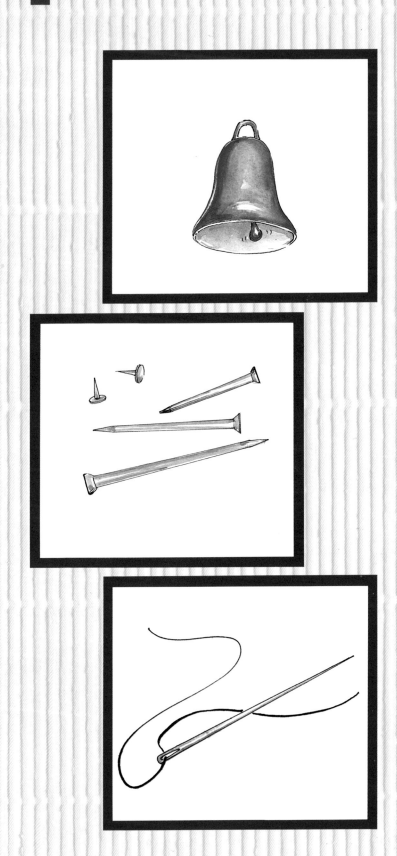

金 ㄐㄧㄣ

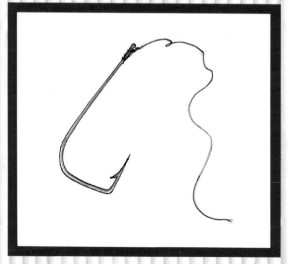